LOS OSOS SCOUTS Berenstain

y la

bola de cristal mágica

LOS OSOS SCOUTS Berenstain

y la
bola de cristal mágica

por Stan y Jan Berenstain

Ilustrado por Michael Berenstain
Traducido por Susana Pasternac

A
LITTLE APPLE
PAPERBACK

SCHOLASTIC INC.
New York Toronto London Auckland Sydney

ISBN 0-590-94476-2

Text copyright © 1997 by Berenstain Enterprises, Inc.
Translation copyright © 1997 by Scholastic Inc.
All rights reserved. Published by Scholastic Inc.
MARIPOSA Scholastic en Español and the MARIPOSA logo are
trademarks and/or registered trademarks of Scholastic Inc.

12 11 10 9 8 7 6 5 4 3 2   7 8 9/9 0 1/0

Printed in the U.S.A

First Scholastic printing, June 1997

• Índice •

LOS OSOS SCOUTS Berenstain

y la
bola de cristal mágica

• Capítulo 1 •

El comienzo de una extraña aventura

Si alguien les hubiera dicho a ustedes que los osos scouts iban a tener una aventura en la que habría una bola de cristal mágica, energía atómica, objetos grandes como balas de cañon estrellándose y un Festival de la Primavera, ustedes no lo hubieran creído. Pues, bien, lo cierto es que sí era muy posible y que eso es exáctamente lo que ocurrió. Y si quieren saber quién, qué, cómo, cuándo y dónde, tendrán que seguir leyendo.

Todo comenzó un sábado por la mañana del mes de junio.

La líder scout Cándida los había mandado llamar y la patrulla estaba muy intrigada esperando en el umbral a que les abriera la puerta.

—¿Para qué querrá vernos? —preguntó Hermana Osa.

—No lo sé —respondió Hermano Oso.

—No tengo la menor idea—agregó Fredo.

Lía no dijo nada porque estaba muy ocupada hablando con una mariposa que se había posado en su dedo. Así era Lía. Muy a menudo hablaba con las mariposas y otras criaturas de la naturaleza y lo más interesante es que éstas parecían escucharla.

—¿Por qué no tocas el timbre de nuevo? —sugirió Fredo.

Hermano Oso estaba por hacerlo cuando de pronto la puerta se abrió de par en par dando paso a la líder scout Cándida, que parecía tener noticias frescas y no podía contenerse de la impaciencia por contarlas.

—Buenos días, scouts, pasen, por favor.

Los scouts siguieron a Cándida a la cocina en donde había una mesa puesta para cinco personas, con un vaso de leche frente a cada silla y una enorme bandeja con galletitas de azúcar en el centro. Las galletitas de azúcar y pasas eran la especialidad de Cándida.

—Parece que vamos a celebrar algo —dijo Hermano Oso.

—Así es —contestó Cándida—. Siéntense, por favor.

—¿Y qué vamos a celebrar? —preguntó Hermana Osa.

Los scouts se sentaron a la mesa e hicieron pasar la bandeja de galletitas. El primer mordisco era siempre un momento muy especial. Las galletitas eran crocantes por fuera y esponjosas por dentro; estaban totalmente cubiertas de pasas y acababan de salir del horno. El segundo y tercer mordisco no tenían nada que envidiar al primero.

—¿Han oído hablar de la Medalla al Mérito de la Superpatrulla? —preguntó Cándida.

—Creo que sí —dijo Hermano Oso—. Pero no estoy seguro de lo que es.

—Bueno —dijo Cándida—. Es la más importante y prestigiosa de todas las medallas que una patrulla de osos scouts puede recibir. ¿Y saben qué? Los he propuesto a ustedes para ella.

—¿A nosotros? —dijo Fredo. Los scouts parecían sorprendidos.

Cándida levantó una carpeta que estaba junto a su plato. Estaba llena de papeles.

—La Medalla al Mérito de la Superpatrulla —dijo—, no es una medalla cualquiera, como las que ganaron por bucear o escalar rocas. Es una medalla especial que se otorga... pero dejen que les lea lo que dice el Manual Oficial de los osos scouts.

Cándida se levantó y salió de la cocina. Cuando volvió los scouts no habían todavía salido de su sorpresa. Cándida abrió el manual y comenzó a leer.

—"La Medalla al Mérito de la Superpatrulla es la máxima recompensa en los ana-

5

les del movimiento scout. El Consejo Superior de Osos Scouts la otorga una vez por año a una patrulla de osos scouts por los siguientes logros:

"1. Por haber respetado el Juramento de los Osos Scouts.

"2. Por haber ganado cinco o más medallas al mérito.

"3. Por servicios a la comunidad que van más allá de las simples obligaciones del movimiento scout."

—Siguen otras informaciones —continuó Cándida—. En resumen, he puesto en esta carpeta todos los informes sobre su patrulla y la enviaré hoy al Consejo Superior de Osos Scouts de Granosa.

—¡Oh! —dijo Hermano Oso.

—¡Qué les parece, chicos! —dijo Hermana Osa.

—¡Fantástico! —dijo Fredo.

—¡Fabuloso! —dijo Lía.

—Cada año se presentan cientos de patrullas candidatas —dijo Cándida—. Es verdaderamente un gran honor y aquí pueden ver

cómo luce —dijo Cándida mostrándoles en el manual la fotografía del premio.

Los osos scouts se quedaron impresionados. El premio se parecía a uno de esos increíbles cinturones que los boxeadores reciben cuando ganan un campeonato. A su lado, las otras medallas se parecían a esos regalos que vienen en las cajas de cereales. Los scouts pensaron lo bien que se vería en su club secreto en el gallinero que estaba al fondo de la granja de Prudencio. Hasta las gallinas que entraban por equivocación se quedarían impresionadas.

—¿Cuándo tomará la decisión el Consejo Superior de los osos scouts? —preguntó Hermano Oso.

—A fin de mes —contestó Cándida.

—¿Qué cree que decidirán? —preguntó Hermana Osa.

—¿Cómo puedo saberlo? —dijo Cándida riéndose—. No tengo una bola de cristal.

• Capítulo 2 •

Vamos a contarle a Yayo

No había duda. Que los propusieran para la Medalla al Mérito de la Superpatrulla era un gran honor. Los osos scouts se sintieron muy orgullosos cuando salieron de la casa de la líder scout Cándida.

—Ya sé —dijo Hermana Osa—. Vamos a contárselo a Yayo.

—Buena idea —dijo Hermano Oso.

Cándida era la líder de la patrulla, y una líder muy buena, pero Yayo era el amigo y consejero. Yayo no sólo estaba dispuesto a ayudar siempre que lo necesitaban, sino que además siempre estaba en el mismo

lugar, por lo menos los sábados por la mañana. El sábado era el día en que Yayo iba a
sentarse en un banco de la plaza central de
Villaosa.

Mientras se dirigían a la plaza, los osos se
lo imaginaron sentado como de costumbre a
la sombra de Viejo Nogal, el gran árbol histó-
rico, y excelente rascaespaldas, que él y los
osos scouts habían salvado de las sierras eléc-
tricas y del complot de Horacio J. Jarrodulce y
su amigo, el malandrín Gaspar Estafoso. Y ya
que hablamos del diablo, ¿no era Gaspar el
que cruzaba en ese momento la plaza en
dirección de la calle Mayor?

WASHING
BEAR

El jefe de policía Bruno lo había amenazado con expulsarlo si continuaba sus estafas y aunque ahora no parecía estar haciendo nada deshonesto, siempre que podían, los osos

scouts trataban de vigilar a Gaspar para que no se metiera en líos.

Pero, por el momento, los osos scouts tenían otra meta, la de encontrar a Yayo para contarle sobre la medalla de la Superpatrulla. Por eso, cuando no lo encontraron por ningún lado al llegar a la plaza, los scouts se preguntaron qué podría haberle ocurrido.

—¿Creen que le puede haber pasado algo? —preguntó Hermana Osa.

—Lo dudo —dijo Hermano Oso—. Seguro que tuvo que hacer algo.

—No hay ninguna ley que diga que tiene que estar aquí *todos* los sábados por la mañana —dijo Fredo.

Pero, a pesar de todas esas explicaciones, se quedaron un poco preocupados.

—¡Eh! —dijo Lía—. Vamos a lo de Yayo y Yaya para asegurarnos de que no le pasó nada.

La casa de Yayo estaba sobre la calle Mayor, más allá de Ruta del Cerro, y los scouts subieron por la calle principal apurando el paso. No pasó mucho tiempo antes de que divisaran a Gaspar que iba justo delante de ellos. Iba caminando tranquilamente, sacándose el sombrero para saludar a las señoras o deteniéndose para hablar del tiempo y de esto y aquello con los diversos grupos de osos que encontraba. Gaspar no parecía estar haciendo nada sospechoso, pero los scouts decidieron investigar de todos modos.

Se fueron aproximando y, cuando finalmente Gaspar se detuvo para charlar con un grupo de osos que estaba parado frente a la Farmacia Brumosa, los osos scouts se escondieron en una callejuela y observaron. Muy pronto quedó claro que Gaspar no estaba intercambiando informaciones sobre el tiempo. Lo que estaba intercambiando era dinero. Y mientras el dinero cambiaba de manos, Gaspar escribía algo en una libreta negra.

—¡Qué les parece! —susurró Hermano Oso—. ¡Está tomando apuestas!

—¿Tomando apuestas? —susurró Hermana Osa intrigada.

—Sí, apuestas de juego —dijo Hermano Oso.

—No entiendo —dijo Lía.

—Ya entenderás. Observa. ¡Eh, GASPAR! —gritó.

Lo que ocurrió después fue digno de ser visto. Los osos y el dinero empezaron a volar por todas partes. Excepto Gaspar, que estaba a cuatro patas recogiendo los billetes desparramados por el suelo.

—¿Qué estás haciendo, Gaspar? —preguntó Hermano Oso. ¿Tomando pedidos de ladrillos de oro?

—¡Oh, no, por favor! —dijo Gaspar—. Hace años que no tengo nada que ver con la deshonesta actividad de vender ladrillos de oro. ¿No sabían acaso? —dijo levantándose y limpiando los pantalones de su llamativo traje verde—. Ahora soy un hombre de negocios honrado. En realidad, espero que mis compatriotas comiencen pronto a llamarme "el honesto Gaspar Estafoso".

—¡Pero Gaspar! Estabas tomando apuestas —dijo Hermano Oso—. ¿Llamas a eso ser honesto?

—Oh —dijo Gaspar—. Quizás parezca un

poco ilegal. Pero es honesto. Estoy simplemente ofreciendo un servicio a los que desean predecir el futuro: los resultados del partido de béisbol, los resultados de una elección, el precio de la miel. Yo llevo un control muy serio —dijo levantando su libreta negra—. Pago sin tardanza todas las apuestas. Por supuesto me guardo una pequeña ganancia para atender a las necesidades de mi cuerpo y alma y para comprar galletitas para mi amigo Chillón. Como les he dicho, amigos, soy un comerciante honrado.

Chillón era el loro de Gaspar. Gaspar y él vivían juntos en una casa flotante destartalada que estaba anclada en un recodo tranquilo del Río Estruendoso.

—Imagina que te atrapa el jefe de policía Bruno —dijo Hermana Osa.

—En efecto, eso podría ser un problema —dijo Gaspar—, pero resulta que estoy enterado de que el jefe Bruno y la oficial Margarita suelen tener unas partidas de naipes amistosas en la comisaría en las noches en que no hay mucho movimiento. ¿Y qué me dicen del

Bingo que se juega en la alcaldía todos los martes? Bueno, disculpen, tengo que pagar algunas apuestas. Así que si me permiten... Me voy... ¡Chau!

Así eran las cosas con Gaspar. Tenía más vueltas que un tornillo y era más astuto que un zorro.

Pero los scouts habían llegado a Ruta del Cerro y ya era tiempo de ir a ver qué pasaba con Yayo.

• Capítulo 3 •

La gran Yaya: Lo sabe todo. Lo ve todo

El plan de los scouts era acortar camino por el terreno baldío que estaba al lado del hospital. Era el camino más corto para llegar a la casa de Yayo y Yaya. Pero su proyecto se vio contrariado por un alambrado que cerraba ahora la entrada al terreno. Ya no estaba vacío. Un equipo de trabajadores estaba preparando el Festival de la Primavera.

El Festival de la Primavera era un gran acontecimiento en la ciudad de Villaosa. Tenía lugar todos los años en el mes de junio para reunir fondos para el hospital. Generalmente incluía una feria de flores, venta de antigüedades, puestos de comidas internacionales, una exhibición de arte y todo tipo de cosas propias de la primavera. Entre las cosas primaverales, lo que atrajo la atención de Hermano Oso fue un pequeño quiosco que estaban instalando en ese momento.

Tenía un cartel que decía: La gran Yaya: Lo sabe todo. Lo ve todo.

—¡Un momento! —dijo Hermano Oso deteniéndose bruscamente—. ¡Podríamos matar dos pájaros de un tiro! ¿Recuerdan cuando la líder scout Cándida dijo...?

—Preferiría que no dijeras eso —dijo Lía.

—¿Dijera qué? —preguntó Hermano Oso.

—Eso de matar dos pájaros de un tiro —dijo Lía.

—Pero, Lía —dijo Hermano Oso—, es sólo una expresión.

—Será sólo una expresión —dijo Lía—, pero es fea y preferiría que no la dijeras.

Hermano Oso suspiró. Lía estaba tan compenetrada con la naturaleza que no se le ocurriría aplastar ni un mosquito. Eso era lo que hacía que este grupo de osos, los del lema "uno para todos, todos para uno", fuera un gran equipo. Cada miembro de la patrulla aportaba algo especial. Hermano Oso era un auténtico líder. Hermana Osa estaba llena de energía. Fred era el cerebro, y Lía... bueno,

Lía era simplemente Lía.

—Como estaba diciendo —siguió Hermano Oso, eligiendo ahora con cuidado sus palabras—, pienso que lograríamos dos cosas al mismo tiempo. ¿Se acuerdan cuando la líder scout Cándida dijo "Cómo puedo saber lo que hará el Consejo Superior, acaso tengo una bola de cristal mágica"?

Los osos scouts se acordaban.

—Bueno, ¿se dan cuenta? —dijo Hermano Oso—. Nosotros conocemos a alguien que sí tiene una bola de cristal. ¡Yaya tiene una! Y lee el futuro todos los años en el Festival de la Primavera. Primero: vemos que pasa con Yayo. Segundo: le pedimos a Yaya que mire en su bola de cristal y nos diga si vamos a ganar la medalla de la Superpatrulla. ¡Vamos!

Fredo estaba por protestar. En su opinión, la idea de predecir el futuro mirando en una bola de cristal no sólo no era científica, sino que era estúpida. Pero, después de todo, no había ningún peligro en eso y se apresuró a reunirse con el resto de la patrulla.

• Capítulo 4 •

Una pareja despareja

La casa de Yayo y Yaya estaba justo al final de la calle. Los scouts vieron que Yaya estaba trabajando en el jardín. Qué alivio. Yaya no estaría plantando petunias tranquilamente si algo serio le hubiera ocurrido a Yayo.

—¡Hola, Yaya! —gritó Hermano Oso. El resto de la patrulla hizo eco al saludo de Hermano Oso. Yaya levantó la vista y los saludó con la mano.

Yayo y Yaya eran una pareja interesante. Si bien Yayo era una persona maravillosa, a veces era un poco cabezón. Tenía ideas fijas sobre casi todo, y siempre buscaba un pretexto para pelearse con la Yaya por ellas. Por su parte, Yaya era una persona amable y afectuosa, siempre dispuesta a sonreír. Y si bien se querían mucho, no tenían los mismos intereses.

A Yayo le gustaba pescar, construir barcos dentro de las botellas, esculpir cabezas de monos en los carozos de los melocotones, quejarse del gobierno y, por supuesto, por encima de todo, su gran pasión desde que era cachorro, era jugar a los bolos. Le gustaba tanto que a veces llamaba por teléfono a Pepe, el dueño de "Los Bolos de Villaosa" para decirle: "Pepe, déjame oir el ruido de los bolos que caen." Luego, se ponía a escuchar el estruen-

do que hacía la bola al chocar contra los bolos y el atronador ruido de los bolos que caían por la fosa. Eso era música celestial para sus oídos.

Yayo y los bolos tenían una larga historia. Su primer trabajo cuando era joven fue en una sala donde colocaba a mano los bolos después de cada jugada. Eso fue mucho antes de que automatizaran todo el proceso.

Yaya, en cambio, se interesaba en la jardi-

nería, en hacer colchas, cocinar y, su pasión de
toda la vida, leer el futuro. Yaya podía leer
cualquier cosa, desde hojas de té, palmas de
la mano y borra de café, hasta las cenizas en
la chimenea y el polvo acumulado bajo la
cama.

Una de las cosas sobre las cuales Yayo
tenía una idea muy cerrada, era en el interés
de Yaya por adivinar la suerte. La idea de que
alguien pudiera predecir el futuro mirando a
una bola de vidrio le parecía a Yayo una ton-
tería y una pérdida de tiempo total.

Y ocurría que Yaya pensaba exactamente
lo mismo del juego de bolos de Yayo. La idea
de que un oso grandulón pasara el tiempo gol-
peando unos pobres bolos indefensos, le parecía totalmente absurda.

—¿Qué les parecen mis petunias? —preguntó Yaya levantándose y sacudiendo la tie-
rra de su ropa.

—Son preciosas, abuela —dijo Hermana
Osa.

—Todavía no he decidido si debo presentar
mis petunias o mis malvarrosas en el Festival

de la Primavera —dijo—. Las malvarrosas
son esas flores altas que están allí.

—Las dos son muy lindas —dijo Hermano
Oso—. Dime Yaya, ¿anda Yayo por aquí? Hay
algo que queremos decirle.

—¿Es un secreto? —preguntó Yaya.

—No, no—dijo Lía.

—Es que a nuestra patrulla la han elegido
como candidata a la Medalla al Mérito de la
Superpatrulla —dijo Fredo—. Es un gran
honor y queríamos decírselo.

—Me parece en efecto que es un gran
honor —dijo Yaya—. Estoy segura que le
encantará que se lo digan. Pero no está aquí
por el momento.

—¿Oh? —dijo Hermano Oso.

—Fue a "Los Bolos de Villaosa" —dijo
Yaya.

—¿Los Bolos de Villaosa? —repitió Fredo
sin entender.

—Pero Yayo nunca va a jugar a los bolos
los sábados por la mañana —dijo Hermano
Oso.

—Oh, no, no fue a jugar. No se llevó el equipo —dijo Yaya—. Vengan a sentarse en el porche. Quiero descansar un poco.

Los scouts siguieron a Yaya hasta el amplio porche, en donde había unas mecedoras.

—No sé lo que estará haciendo allí —continuó Yaya—. Ha estado actuando de manera extraña toda la mañana. Hablaba por teléfono, luego se sentaba en su escritorio y anotaba unas cosas en su libreta. Luego se levantaba y empezaba a dar vueltas hablando solo. Finalmente dijo: "¡Tengo que ir a Los Bolos de Villaosa!" Se subió a la camioneta y *brumbrum* se fue a toda velocidad. Bueno, ya saben cómo es el abuelo con los bolos. Pero me gustaría saber un poco sobre esa medalla especial que se han ganado.

—Oh, no, no la hemos ganado todavía, Yaya —explicó Hermano Oso—. En realidad, una de las razones por las que hemos venido era para pedirte que miraras en tu bola de cristal y nos dijeras si la *vamos* a ganar.

—Lo haría encantada, pero ahora no puedo —dijo Yaya—, porque mi bola de cristal está justamente en Los Bolos de Villaosa.

—¿Cómo? —dijeron a coro los scouts.

—Oh, no es nada raro —explicó Yaya—. Mi bola de cristal es pesada y muy difícil de transportar. Especialmente con este Festival de la Primavera. Por eso se me ocurrió la idea de mandarle hacer unos agujeros para los dedos, como las bolas de los bolos. Pensé que quizás podía sacar algo útil de tanto juego de bolos del abuelo. Por supuesto, será un placer leerles la bola de cristal cuando me la traiga de vuelta.

—Fantástico, Yaya —dijo Hermano Oso—. No te olvides de decirle a Yayo lo de la medalla de la Superpatrulla.

—Se lo pueden decir ustedes mismos —dijo Yaya—. Ahí viene Don Brum-Brum.

• Capítulo 5 •

¡Buenas noticias!

Yayo estacionó la camioneta frente al garage de su casa y bajó con su bolsa de bolos de lona azul brillante, lo cual era muy extraño porque Yayo no había llevado sus bolos antes de salir.

—¡Hola, scouts! —saludó Yayo— ¡Qué

suerte que estén aquí! ¡Tengo buenas noticias!

—Nosotros también —respondió Hermano Oso—. ¡La líder scout Cándida va a proponernos para la medalla de la Superpatrulla! Esperábamos que Yaya podría mirar en su bola de cristal —agregó Hermana Osa—. Pero ella dice que está en la bolera.

—No, ya no esta más allí —dijo Yayo—. Tengo el agrado de decirles que la traigo aquí, agujereada y como nueva. Entremos en la casa.

Yaya y los scouts siguieron al abuelo.

—Estoy contenta de tener otra vez mi bola

de cristal —dijo Yaya—. Pero, ¿de dónde sale esa hermosa bolsa azul? Es igual a la que tienes en el armario.

—Viene de Los Bolos de Villaosa —explicó Yayo—. Es un regalo. Lo pusieron como parte del trato.

—¿Qué trato? —preguntó extrañada Yaya.

—¡Esa es la gran noticia! —dijo Yayo—. ¡Acabo de comprar Los Bolos de Villaosa!

Yaya recibió la noticia como una bofetada.

—¿Compraste Los Bolos? —dijo atragantándose con cada palabra.

—¡Así es! —dijo Yayo—. Costó los ahorros de toda una vida, pero es la gran oportunidad de toda una vida.

—¡No puedo creerlo! —dijo Yaya boquiabierta.

—¡Es lo más inteligente que he hecho en mi vida! —dijo Yayo—. Los Bolos es un negocio con gran futuro en Villaosa. Es una mina de oro. Produce dinero contante y sonante como una máquina de hacer dinero. Piensa un minuto, podré jugar a los bolos gratis todas las veces que quiera.

—¿A quién se lo compraste? —preguntó Yaya.

— A Severo Ricachón, por supuesto —dijo Yayo.

—Si es tan buen negocio, ¿por qué lo vendió? —preguntó Yaya.

—¡Mujer! No entiendes nada de negocios —dijo Yayo—. Severo Ricachón es dueño de la mitad de Villaosa. ¿Qué es para él Los Bolos? ¡Unas migajas!

—Serán migajas para él —dijo Yaya suspirando—, pero para nosotros son los ahorros de toda una vida. ¡Está bien! Lo hecho, hecho está. Vengan scouts, voy a mirar en mi bola de cristal esa cuestión de la medalla.

—Te quedaremos para siempre agradecidos —dijo Hermana Osa.

Yaya abrió la bolsa azul y sacó con cuidado la pesada bola de cristal. Después de probar si los dedos entraban bien en los agujeros, la puso sobre la mesita que usaba para leer el futuro. Los scouts rodearon a Yaya mientras ésta miraba la bola y comenzaba a decir las palabras mágicas.

Yaya se quedó mirando la bola de cristal.

—¿Qué ves Yaya? —dijo Hermano Oso, mientras el resto de la patrulla hacía eco.

—Nada. Está todo nublado —dijo Yaya después de una pausa.

—¿Quizá la estropearon los agujeros — sugirió Hermana Osa.

—No, no es la bola —dijo Yaya suspirando—. Es culpa mía. No me puedo concentrar. Me preocupa mucho que Yayo haya puesto todos nuestros ahorros en una bolera.

Los scouts se dieron cuenta que Yayo iba a pasar un mal rato. Pero, al darse vuelta para enfrentarse con él, Yaya golpeó sin querer la bola de cristal y la hizo caer de la mesa. Al chocar contra el suelo se escuchó un fuerte ¡CLONC!

—¡Mi cristal! ¡Mi querido cristal! —gritó Yaya al verla rodar por el suelo.

• Capítulo 6 •

Un resplandor rosado

Yaya tenía razón de preocuparse por su bola de cristal, porque iba rodando hacia los cuatro escalones que llevaban al piso de piedra del salón.

Cuando la bola de cristal rodó por los escalones se escucharon cuatro golpes. Cuatro terribles golpes. Los scouts corrieron detrás de ella y se inclinaron para mirar.

—Tengo miedo de preguntar —dijo Yaya—. ¿Se rompió en mil pedazos?

—No, Yaya —dijo Hermano Oso—. No tiene ni una rajadura.

—Pero tiene algo raro —dijo Fredo—.
Ahora tiene un resplandor rosado.

—¿Un resplandor rosado? —dijo intrigado
Yayo—. Déjenme ver.

—Tráiganla aquí —dijo Yaya.

Fredo levantó la bola de cristal y comenzó a caminar hacia Yaya pero no llegó muy lejos.

—¡UY! ¡ESTÁ CALIENTE! —gritó lanzándola al aire.

En los segundos que siguieron, fue como si estuvieran jugando con una papa caliente. Los osos scouts trataron de agarrarla y, como era muy pesada, se hubiera estrellado contra el suelo si Yayo no hubiera llegado justo a tiempo para atraparla en el aire con sus fuertes manos.

—Humm —dijo—. Parece que se ha enfriado, pero todavía está bastante caliente. ¡Cielos! tiene un resplandor rosado adentro.

—Qué raro —dijo Hermano Oso—. Muy raro.

—¿Qué crees que es esto, Fredo? —preguntó Lía—. Tú eres el científico.

—No sé qué decirles —dijo Fredo.

—Pónganla en la mesa —dijo Yaya—. Quiero ver ese resplandor rosado.

Yayo puso la bola de cristal sobre la mesa.

—¡Cuidado! —exclamó—. Todavía está caliente.

Yaya miró el cristal y comenzó a pronunciar sus palabras mágicas nuevamente. Pero no tuvo ni siquiera tiempo de llegar a "Yaya plan" cuando se la oyó decir:

—¡Veo todo muy claro ahora! —gritó—. La niebla ha desaparecido. ¡Puedo ver el futuro en el resplandor rosado!

Los osos scouts sintieron esos escalofríos que se sienten cuando ocurre algo extraño. Y Yayo ya no sacudía la cabeza.

—¿Ves algo sobre nuestra medalla? —preguntó Hermano Oso.

—No —dijo Yaya—. Veo... Veo... ¡Los Bolos! Parece que está cerrado. Hay un cartel en la puerta que dice "Cerrado hasta nuevo aviso".

—¡Un momento! ¡Déjame ver! —dijo Yayo.

—¡Demasiado tarde! La imagen ha desaparecido —dijo Yaya—. Ahora aparecen otras imágenes. Todo tipo de imágenes. Resultados de béisbol: Yanquis seis, Gigantes tres...

—Ese es el partido de esta noche entre los Yanquis del País de los Osos y los Gigantes de Villaosa —dijo Hermano Oso—. ¡Pero el partido todavía no ha comenzado!

—Veo una bandera a cuadros —dijo Yaya—. Es una carrera de autos. El ganador es el auto número seis.

—Esas son las 500 Millas Pardas. ¡Pero la carrera es el martes próximo!

Yaya se dejó caer en su silla. Parecía exhausta y confundida.

—¿Qué te pasa, Yaya? —preguntó Hermana Osa.

—He visto el futuro —dijo Yaya con extraña voz—. *¡He visto verdaderamente el futuro!*

—¡Recórcholis! —dijo Yayo—. ¡Es ridículo! ¡No puede ser! La bolera no puede cerrarse. Todas las pistas están reservadas hasta dentro de dos meses. En cuanto a los resultados de béisbol y...

En ese momento sonó el teléfono.

—Residencia de Yayo y Yaya... Es para ti Yayo

—Imposible, no se puede leer el futuro en una bola de vidrio —farfulló Yayo mientras tomaba el teléfono—. Habla Yayo... sí... ajá-ajá...

Cuando colgó el teléfono, Yayo parecía que había perdido todas sus fuerzas.

—Era Pepe, el administrador. Parece que hay una emergencia en Los Bolos. Tengo que ir allí inmediatamente.

HABLA YAYO...
SÍ... AJÁ...
AJÁ...

• Capítulo 7 •

Desastre en Los Bolos

—Cálmate, Yayo —dijo Hermano Oso—.
El jefe de policía Bruno patrulla esta ruta. Te
va a poner una multa.

—No puedo evitarlo —dijo Yayo mientras
la camioneta se inclinaba peligrosamente al
doblar la ruta.

—Exceso de velocidad y manejo peligroso
—gritó Hermana Osa, aferrándose al tablero
de bordo para no caer.

Hermana Osa y su hermano iban adelante
con Yayo. Fredo y Lía se sujetaban como podían en el asiento trasero.

Al recibir la llamada de Pepe, el administrador de Los Bolos, Yayo se había dirigido a

la puerta con los scouts pisándole los talones. Se habían subido todos a la camioneta y Yayo había roto todos los récords de velocidad para llegar a la ciudad.

Cuando llegaron a Los Bolos, se quedaron con la boca abierta de la sorpresa. En la puerta, exactamente allí donde Yaya lo había visto en su bola de cristal, había un cartel que decía: "Cerrado hasta nuevo aviso".

Yayo, especialmente, estaba muy impresionado. Imagínense que, después de todos esos años, Yaya pudiera realmente leer el futuro.

Yayo trató de abrir la puerta, pero estaba cerrada. Entonces golpeó con toda sus fuerzas.

—Me imagino que entiendes lo que esto quiere decir —dijo Hermano Oso—. Quiere decir que, cualquiera que sea la razón atómica por la cual, al caer por las escaleras, esa luz rosada entró en la bola de cristal, Yaya *puede* leer el futuro.

—No puede ser —dijo Yayo—. Y aunque

así fuera, no quiero saberlo. ¿Dónde está Pepe?

Yayo golpeaba en la puerta y gritaba:

—¡Pepe, Pepe, soy yo, Yayo, abre la puerta!

—Imagina un momento —dijo Fredo—, que los Yanquis sí *ganen* a los Gigantes cinco a tres y supón que el número seis *sí* gane la carrera de las 500 Millas Pardas. ¿Entonces, qué dirías?

—¡Te dije que no quería saber nada de eso! —dijo Yayo, y estaba por golpear nuevamente cuando Pepe se asomó a la puerta. Yayo y los scouts se apresuraron a entrar.

Una vez adentro, Yayo miró a su alrededor. Cuando firmó el trato unas horas antes, Los Bolos era un lugar lleno de gente y de ruido. Los diez bolos de madera caían con gran estruendo y volvían automáticamente. Ahora el lugar estaba desierto y silencioso como una tumba. Sin embargo, todo *parecía* estar en orden. ¿Por qué lo había llamado Pepe? ¿Qué es lo que andaba mal?

—¿Qué es ese olor? —preguntó Hermano Oso, husmeando el aire.

—Yo también lo huelo —dijo Hermana Osa.

—Es olor a quemado —dijo Lía.

—Humm —dijo Fredo—. Huele como cuando la computadora de mi papá se recalienta.

—Sí —dijo Yayo—. ¿Qué es ese olor? Vamos, Pepe, ¿qué está ocurriendo? ¿Por qué está todo cerrado?

—Eh, no fue culpa mía, jefe —dijo Pepe.

—¿Qué es lo que no fue culpa tuya? —preguntó Yayo.

—Quiero decir, ¿cómo podía saberlo? —se lamentó Pepe.

—¡Pepe —dijo Yayo furioso—, si no me dices lo que ocurre, y ahora mismo, te voy a agarrar por los agujeros de la nariz y la boca y te voy a lanzar por la bolera!

—Bueno, bueno —dijo Pepe—. Síganme.

Yayo y los osos scouts lo siguieron por la

pista y luego por un carril que conducía a la parte trasera del edificio.

—Ahí está el problema —dijo Pepe apuntando a una enorme caja negra clavada a la pared. De ella salía un horrible olor a quemado y la pared estaba chamuscada.

—¿Qué es eso? —preguntó Yayo.

Pepe no parecía dispuesto a contestar. Pero cuando vio que Yayo comenzaba a formar un puño de su enorme manaza, empezó a hablar rápidamente.

—Es la computadora central que controla el equipo automático del juego. Está totalmente quemada y sin ella nada funciona. Estaba funcionando mal desde hace meses y cuesta una fortuna remplazarla. Es por eso que Severo Ricachón le vendió el negocio.

—¡Cómo! ¡Ese maldito estafador! —dijo Yayo agarrando a Pepe por el cuello de la camisa y dispuesto a darle una tunda— ¡Y tú lo sabías, miserable gusano!

—Cálmate, Yayo —le aconsejó Hermano

Oso—. Con pegarle a Pepe no resolverás nada.

—Hermano Oso tiene razón —dijo Hermana Osa—. Lo que tenemos que hacer es juntar nuestras fuerzas y echar a andar Los Bolos nuevamente.

—No hay otra solución —dijo Fredo—. Usted puso todos sus ahorros en este negocio.

—No me lo recuerden —dijo Yayo.

— Y si no reabre rápido —dijo Lía—, perderá toda la clientela, porque se irán a jugar al Bolorama de Brumoso que está sobre la autopista.

Yayo aflojó el puño y dejó libre a Pepe.

—Tienen razón, por supuesto —dijo Yayo.

En ese momento se sintieron golpes en la puerta de entrada de Los Bolos.

—Ne te quedes ahí, Pepe, ve a ver quién está llamando a la puerta.

• Capítulo 8 •

Pagan o le pegan

—Este cartel no me engaña ni un segundo. ¡Abran la puerta y paguen lo que deben!

El que golpeaba a la puerta de Los Bolos era Gaspar Estafoso, el estafador, carterista y falsificador de tarjetas y, más recientemente, corredor de apuestas.

—¡Más te vale que abras la puerta, Pepe! ¡Quiero mi dinero!

¡Bum! ¡Bum! El tercer golpe lo dio Gaspar en el aire. Pepe había abierto la puerta.

—¡Por todos los dioses del Olimpo, Gaspar! Este cartel no es broma. Y deja ya de golpear a la puerta. El nuevo dueño está aquí y lo último que me faltaría es que se enterara de mis apuestas. Entra rápido y ven a mi oficina.

—¿Nuevo dueño? —preguntó intrigado Gaspar.

—Sí. Yayo se le compró a Severo Ricachón.

—¿Y por qué está cerrado? —preguntó Gaspar.

—Percances con el sistema de automatización —dijo Pepe—. Vamos a mi oficina.

Pepe miró a su alrededor para asegurarse de que no los habían visto y cerró la puerta. ¡Qué día difícil! Primero Yayo con sus puños cerrados y ahora Gaspar pidiendo dinero.

—Mira —dijo Pepe—, ya sé que te debo dinero y te voy a pagar.

—Así es —dijo Gaspar consultando su libreta negra—. Me debes un montón de dinero y ¡más te vale que me pagues ahora mismo!

—Dame un plazo, Gaspar —dijo Pepe—. Ahora no tengo dinero. Y ya conoces el proverbio: "No se le exprime sangre a una calabaza".

—Bueno, yo conozco otro dicho —dijo Gaspar—. Y dice así: "Hay un par de tipos en Granosa que te exprimirían de buena gana".

Pepe se cruzó de brazos y se apoyó contra la pared de su pequeña oficina.

—Mira, Gaspar, no te puedo dar dinero. No ahora. Pero, imagina que te dé algo que vale miles, incluso millones. ¿Borraría eso mi deuda?

—¿Qué me podrías dar, que valga millones? —dijo Gaspar.

—Información —dijo Pepe—. ¿Aceptas?

—Veamos de qué información se trata —dijo Gaspar, sentándose en el borde del escritorio de Pepe.

— Bueno, es así —comenzó Pepe—. Cuando Yayo llegó yo sabía que iba a arder Troya y tardé en abrirle la puerta. Ya sabes, para poder inventar algún cuento. Escuché que hablaban afuera. Los osos scouts estaban con él. Parecía interesante y me puse a escuchar.

—Al grano, Pepe —dijo Gaspar—, tengo otras citas.

—Ya sabes que Yaya siempre dice la buenaventura en el Festival de la Primavera —continuó Pepe—. Ve el futuro en su bola de cristal.

—Me estás haciendo perder el tiempo —interrumpió Gaspar—. Yaya no puede predecir la lluvia ni siquiera cuando le cae encima. Así que, me disculpas pero tengo que ir a ver a un par de tipos acerca de una calabaza.

—¡No, Gaspar! ¡Espera! —gritó Pepe—. Estoy por llegar a la parte jugosa. Parece que algo extraño ocurrió con la bola de cristal de Yaya. Se cayó por unos escalones y se volvió atómica o algo así. Ahora dice el futuro de verdad. Predijo que la bolera estaría cerrada. Vio el cartel que puse en la puerta.

—¿Oh? —exclamó Gaspar.

—Pero eso no es todo. Predijo los resultados del partido de béisbol de esta tarde entre los Yanquis y los Gigantes. Los Yanquis van a ganar cinco a tres. Y algo más, predijo que el ganador de las 500 Millas Pardas será el coche número seis. ¿Qué te parece, Gaspar, hacemos un trato? Estamos mano a mano.

—Pepe, ¿hablas en serio? —dijo Gaspar—. No puedes esperar que cancele la deuda a cambio de una estúpida historia de una bola de cristal atómica que predice los resultados de los partidos de béisbol.

Gaspar ladeó su sombrero de paja hasta alcanzar el ángulo correcto y se levantó para salir.

—Pero te puedo decir lo que sí voy a hacer. Te doy dos semanas más, sólo por ser tú. Así que, ¡chau, chau!

—Pero, ¡Gaspar! —gimió Pepe, mientras Gaspar salía de la oficina y se deslizaba por la puerta de entrada. La última vez que lo vieron, se alejaba de Los Bolos, silbando y haciendo girar su bastón, con la pinta del gato que se comió al canario, o quizás del canario que se comió al gato.

• Capítulo 9 •

Chicos y chicas al rescate

—La culpa de todo la tiene esa maldita bola de cristal —dijo Yayo—. Debería ir a casa y romperla en mil pedazos.

—Yayo —dijo Hermano Oso—, el problema no es la bola de cristal de Yaya. El problema es cómo hacer para que funcione de nuevo la bolera.

Yayo y los scouts estaban sentados en una de las alcobas frente a las pistas donde normalmente los jugadores esperan su turno. Estaban bebiendo las sodas que Yayo había sacado del quiosco de refrescos de la bolera.

—Ya sé, ya sé —dijo Yayo—. Pero no lo

puedo evitar. Ya era bastante malo cuando la Yaya usaba la bola de cristal sólo para entretenerse. Pero ahora que se ha vuelto atómica y puede verdaderamente predecir el futuro... ¡es... contra natura! ¡Por Júpiter!, es cosa de brujos.

—Quizás no —dijo Fredo—. Quizás se trate de algún fenómeno científico o de un milagro.

—Sí —dijo Hermana Osa—. Ni hablemos de los resultados sobre la medalla, Yaya va a poder ahora predecir de todo: resultados de exámenes, el tiempo, quién ganará el concurso de Miss Universo.

—De una cosa estoy segura —dijo Lía—. Cuando corra la voz de que la bola de Yaya es ahora mucho mejor, va a ser la estrella del Festival.

—Eh, es cierto —asintió Hermano Oso—. La gente va a hacer colas enormes para que les diga la buena fortuna. Y hablando de fortuna, *hará* la fortuna del hospital.

—Sí —dijo—, pero ¿cómo le voy a decir que hemos perdido la nuestra en las pistas de la bolera?

—De eso se trata justamente, Yayo —dijo Hermano Oso—. No tendrás que hacerlo si encontramos la forma de hacer que este lugar funcione de nuevo.

Yayo parecía no escuchar. Seguía farfullando sobre la Yaya y la bola de cristal.

—Es algo diabólico, les digo y... peligroso. Meterse con el futuro y jugar así con la vida de la gente...

—Yayo —dijo Hermano Oso.

—Sí —contestó Yayo.

—¿Es el juego de los bolos, un juego muy antiguo?

—Sí, muy antiguo —dijo Fredo, que leía la enciclopedia para entretenerse—. Se juega a los bolos desde hace siglos. Antiguamente lo llamaban...

—Cierra el pico, Fredo —dijo Hermano Oso—. Tengo una idea.

—Fredo tiene razón —dijo Yayo—. El juego de los bolos es muy antiguo.

—¿Cómo hacían antes de que se inventara el sistema automático? —preguntó Hermano Oso.

—Empleaban a chicos para colocar los bolos a mano —dijo Yayo—. Hasta las chicas a veces hacían ese trabajo. Fue mi primer trabajo y así fue cómo conocí a Yaya.

Trabajábamos en la misma bolera. Me enamoré al mismo tiempo de Yaya y de los bolos.

—Exactamente —dijo Hermano Oso.

—¿Exactamente, qué? —dijo Yayo.

—Así reabriremos la bolera: con chicos que colocan a mano los bolos.

—Y chicas —agregó Hermana Osa.

—No creo que eso salga bien —dijo Yayo—. No soy tan ágil como antes. No creo que mis rodillas soporten ese esfuerzo. En cuanto a Yaya...

—No tú ni la Yaya —interrumpió Hermano Oso.

—¿Entonces, quién? —dijo Yayo.

—Los aquí presentes —dijo Hermano Oso—. ¡Oso-scout-ágil-oso-scout-rápido-cómo-la-luz-oso-scout-que-salta-por-los-carriles!

—Pero, es un trabajo peligroso —dijo Yayo— Tienen que ser verdaderamente ágiles y muy rápidos. Las bolas regresan por el canal de retorno como torpedos y los bolos vuelan en todas las direcciones.

—Eso no es un problema —dijo Hermano

Oso—. Aquí somos todos excelentes jugadores de fútbol. Y Hermana Osa y Lía son campeonas de salto a la cuerda.

—Yo puedo hacer hasta el salto doble revertido —dijo Hermana Osa.

—Yo también —agregó Lía.

Yayo no estaba muy convencido de la propuesta de los osos scouts, pero estaba tan ansioso por salvar Los Bolos que decidió probar.

Durante el resto de la tarde se escuchó el ruido atronador de las bolas y de los bolos que volaban en todas las direcciones y los-ágiles-osos-scouts saltaban como cabras en medio de una avalancha. Hasta Pepe, el administrador, se quedó impresionado.

—Sabe algo, jefe —dijo—, con unos cuantos cachorros más esto podría funcionar. ¿Por qué no pone anuncios por la ciudad? Ya sabe, algo así como: "Se nececitan chicas y chicos para ayudar en Los Bolos". Estoy seguro que mañana tendremos la cancha llena.

—Hazlo, Pepe —dijo Yayo—. ¿Quién sabe?, podría resultar. Quizás esto nos ayude hasta que yo pueda pedir un préstamo para comprar un nuevo sistema automatizado. Pero antes, otra ronda de sodas para mí y mi equipo de boleros.

—Al instante, jefe —dijo Pepe.

Los osos scouts estaban tan agitados que les faltó el aliento para decir el lema: "Uno para todos, todos para uno." Así que se contentaron con cruzar sus botellas de sodas antes de vaciarlas de un trago. Por supuesto, Yayo se había unido a ellos.

• Capítulo 10 •

Nace una estrella

Lía no se había equivocado cuando dijo que Yaya sería la estrella del Festival de la Primavera. En todo caso así es cómo empezaba a pintar la cosa ya que hubiera sido díficil mantener en secreto lo de la transformación de la bola de cristal de Yaya.

El comité del Festival ni siquiera trató de ocultarlo. Al contrario, llamó a los periódicos y a la televisión y organizó las conferencias de prensa. La foto de Yaya mirando la bola de cristal apareció en los diarios. Al pie de la foto se leía: La Gran Yaya: lo sabe todo, lo ve todo. Las estaciones de televisión le hicieron un reportaje en donde se la veía con la bolsa azul de Los Bolos.

Yaya no dijo nada sobre los nuevos poderes y el resplandor rosado de su bola de cristal. Se guardó el secreto. Pero con o sin resplandor rosado, no había ninguna duda, Yaya y su bola de cristal eran la comidilla del pueblo.

Y eso era justamente lo que le molestaba mucho a Yayo. Cuanto más se hablaba de Yaya y su bola de cristal, más furioso se ponía. Todo eso ocasionaba problemas entre los dos. Los osos scouts lo veían claramente y estaban preocupados. Ellos querían a los dos de la misma manera y, por supuesto, no querían tomar partido en esa querella.

Yayo pasaba cada vez más tiempo en Los Bolos atendiendo los negocios, que hay que decir, andaban muy bien. Resultó que un montón de cachorros, chicos y chicas, se apuntaron para trabajar poniendo los bolos en los carriles. Y todo parecía indicar que Yayo iba a conseguir el préstamo para la compra del nuevo sistema automático.

Pero Yayo no iba a Los Bolos sólo por negocios. Había empezado a ir a la bolera por las noches también. Lo que le pasaba era que no podía soportar todo el alboroto alrededor de Yaya y su bola de cristal. Cuando era demasiado, agarraba la bolsa azul, saltaba en su camioneta y se dirigía hacia Los Bolos. Una vez allí, abría la bolsa, sacaba la brillante

bola jaspeada, entraba en la pista, apuntaba, lanzaba la bola y le daba a los bolos como si estos fueran los miembros del comité del Festival de la Primavera, los periodistas y reporteros de los diarios y de la televisión y, quien sabe, la propia Yaya. Yayo embocaba unos cuantos tiros y así desahogaba un poco su furia.

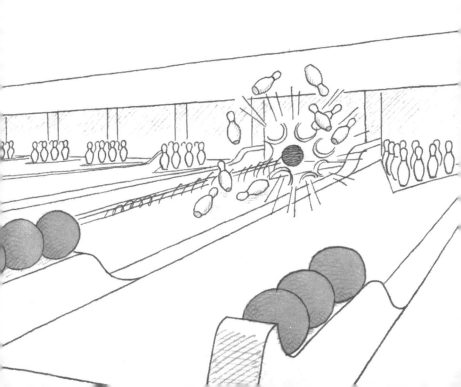

Los osos scouts no entendían por qué Yayo estaba tan enfadado con eso de que la Yaya dijera la buenaventura. Hasta llegaron a pensar que estaba celoso. Por eso, un día se lo preguntaron en la bolera.

—¿Celoso? No, amigos míos —dijo Yayo—. Miren, ya les dije antes que estoy en contra toda esta historia de leer el futuro, sobre todo en el Festival de la Primavera. Una cosa es hacerlo para entretenerse. ¡Pero que ahora me vengan con que verdaderamente puede ver el futuro, está muy mal! ¡No sólo está muy mal sino que es peligroso!

—Pero, por qué? —preguntó Hermano Oso.

—¿Por qué es peligroso? —preguntó Hermana Osa.

—Es para una buena causa —dijo Fredo.

—Ayudará a juntar dinero para el hospital —agregó Lía.

—Todo eso está muy bien —dijo Yayo—. Pero piensen en esto. Piensen en toda esa gente que va hacer cola para que Yaya les lea

el futuro en el Festival de la Primavera.
Supongan que Yaya mira en la bola de cristal
y ve que algo terrible está por ocurrirle a
alguien o a la familia de alguien. ¿Qué hará
la Yaya? ¿Les dirá la verdad o les mentirá
diciendo que todo va bien?

—Entiendo lo que quieres decir, Yayo —
dijo Hermano Oso.

—Es cierto —dijo Hermana Osa—. Da
miedo.

—Sí —dijo Fredo—. Es una gran responsabilidad.

—Creo que Yayo tiene razón —dijo Lía—.
Pienso que el futuro es responsabilidad de la
naturaleza. Yo, por ejemplo, no quiero saber
mi futuro. Después de todo, ¿no es eso lo
divertido de la vida, no saber exactamente lo
que le va a ocurrir a uno?

—¡Eso es lo que yo digo! —dijo Yayo—.
Miren lo que pasó cuando la bola de cristal
anunció que Los Bolos estaba cerrado. Me
quedé sin esperanzas. Estaba dispuesto a

abandonar todo. Pero ustedes no. Ustedes usaron la cabeza y ese espíritu que les dio la naturaleza y salvaron la situación.

—Entiendo lo que quieres decir —dijo Hermano Oso—. ¿Pero qué puedes hacer ahora?

—Voy a hacer que cancele su número en el Festival —dijo Yayo.

—Eso no va a ser nada fácil —opinó Fredo.

—Yaya es ahora una estrella —dijo Hermana Osa—. Y no es fácil pedirle a una estrella que no brille.

—Yayo lanzó un suspiro.

—Eso es lo que me preocupa —dijo.

• Capítulo 11 •

Mía o de nadie

Gaspar Estafoso tenía costumbre de dar vueltas y más vueltas cuando tenía que resolver un problema difícil. Y eso era lo que estaba haciendo en ese momento: dando vueltas en círculo en el gran salón de su destartalada casa flotante donde vivía con su loro Chillón.

—¡Vueltas y más vueltas! —chillaba Chillón—. Y cuando uno protesta...

—Cierra el pico —le ordenó Gaspar—. ¿No ves que estoy pensando?

—¡Pensando! ¡Pensando! —chilló Chillón.

—¡Debo apoderarme de esa bola de cristal! Anunció correctamente dos resultados. El partido de los Yanquis contra los Gigantes y las 500 Millas Pardas. ¡El auto número seis pagó cien contra uno! ¿Escuchaste, Chillón? ¡Cien contra uno!

—Cien contra uno. Cien contra uno —chilló Chillón.

—Pepe tenía razón —dijo Gaspar dando más vueltas—. Para mí esa bola de cristal vale millones. ¡Podría ganar todas las apuestas! Claro que eso no estaría bien. Algunas veces tendría que perder para evitar sospechas.

—Podría robarla —continuó—. Eso sería fácil. Podría ver en la foto del periódico el lugar dónde la guarda, y además, en los noticieros de la televisión. ¿Pero de qué valdría? Vendrían derecho a buscarla aquí. Siempre sospechan de mí cuando algo desaparece.

—Siempre culpable. Siempre culpable —asintió Chillón.

—Lo que tengo que hacer —dijo Gaspar sentándose en su sillón—, es encontrar la

manera de robar la bola de cristal de Yaya
¡sin que nadie se dé cuenta de que ha desaparecido!

Sin pensar lo que hacía, Gaspar tomó en
sus manos el control remoto, prendió la televisión y empezó a repasar los canales. Los
programas pasaban por la pantalla: "Los tres
osos chiflados", "Osos ricos y famosos",
"Osovisión".

—¡Un momento! —gritó Gaspar volviendo
a "Osos ricos y famosos".

Allí en la pantalla, se veía un lugar que
Gaspar conocía muy bien, la magnífica mansión de Severo Ricachón, el oso más rico del
País de los Osos. La cámara se paseaba por la
propiedad.

—¡Por supuesto! —gritó Gaspar, mientras

la cámara se detenía en la hermosa fuentecilla de vidrio plateado instalada en la entrada
de la mansión, donde venían a bañarse los
pájaros. En el medio se elevaba un pedestal, y
sobre el pedestal, ¡una bola de cristal!

Gaspar se levantó de un salto y se golpeó
en la cabeza.

—¡Cómo no se me ocurrió antes! Paso por
ahí todos los días. ¡Y es exactamente del
mismo tamaño!

—El mismo tamaño. El mismo tamaño
—chilló Chillón.

• Capítulo 12 •

En la oscuridad de la noche

Era la madrugada del día del Festival de
la Primavera de Villaosa. La luna brillaba
débilmente sobre una silueta oscura que se
deslizaba furtivamente contra el muro que, se
suponía, debía proteger la propiedad contra
los intrusos nocturnos de la calaña de Gaspar
Estafoso. La rama de un árbol aupada sobre
el muro descendía suavemente sobre el césped del jardín cubierto de rocío y la puerta de
entrada. La fuentecilla de los pájaros estaba
justo a dos pasos de allí.

—Bueno —dijo Gaspar en voz baja—.
¡Todo el mundo fuera de la fuente!

Hubo un revuelo de alas y plumas cuando Gaspar se acercó a la fuentecilla para retirar la bola de cristal. Acto seguido, Gaspar la puso en su bolsa de bolos, cerró el cierre, corrió por el césped, trepó por la rama hasta el muro y, un segundo después estaba en la carretera.

El paso siguiente era el armario en el segundo piso de la casa de Yayo y Yayo, que vivían en la Ruta del Cerro.

• Capítulo 13 •

Tres bolsas azules llenas

Llevarse la bola de cristal de la fuentecilla de la mansión de Severo Ricachón había sido fácil. Cambiarla por la de la Yaya era otra cosa. El armario donde Yayo guardaba sus bolas para jugar a los bolos estaba en el segundo piso de la casa. Gaspar contaba con que la experiencia en segundos pisos de su infancia le ayudaría a realizar esta delicada operación y a hacer el cambio de bolas tan deseado.

Recuperó la destreza mientras se deslizaba por el costado de la casa. Por fin, llegó a un enrejado para plantas que daba a una ventana abierta en el segundo piso. Después de probar la resistencia del enrejado, se colgó el bolso a la espalda y comenzó a trepar.

Al llegar al segundo piso, una pequeña luz de vigía reveló que se trataba del baño. Gaspar se escurrió por la angosta ventana y se deslizó en punta de pies, temiendo que un crujido en el viejo piso de madera delatara su presencia.

Caminó por el pasillo tocando cuidadosamente las paredes hasta que sintió la puerta corrediza del armario donde Yaya guardaba su bola de cristal millonaria. El pequeño haz de luz de su linterna de bolsillo le permitió ver dónde estaba la tan ansiada bolsa azul de los bolos. Gaspar cambió rápidamente su bolsa azul por la de la Yaya, rehizo el camino por el pasillo, pasó por el baño, se escurrió por la angosta ventana, bajó el enrejado y de un paso campante se dirigió hacia su casa flotante.

Pero había un pequeño problema. La pequeña luz de su linterna de bolsillo no le había dejado ver que, en el mismo armario, al lado de la que se había llevado, había otra bolsa azul idéntica. Es decir, que en total, había tres bolsas azules llenas.

La cuestión era, ¿llenas de qué?

• Capítulo 14 •

A la mañana siguiente

Cuando los osos scouts llegaron a la casa de la Ruta del Cerro, los gritos se escuchaban a una cuadra de distancia. Los vecinos asomados a las ventanas sacudían las cabezas con gesto de desaprobación. Las ardillas espiaban a la puerta de sus madrigueras preguntándose qué estaba ocurriendo. Los petirrojos interrumpieron la construcción de sus nidos para escuchar. Lo que ocurría era, por supuesto, la pelea más grande que Yaya y Yayo habían tenido jamás.

—¡Vamos! —gritó Hermano Oso—. Parece que las cosas andan muy mal.

Los osos se lanzaron a la carrera.

La cosa era peor de lo que habían imaginado. Los gritos y las protestas eran lo de menos. Los osos scouts corrieron a la casa para encontrar a Yayo forcejeando para apoderarse de la bolsa azul de Yaya mientras que ésta se aferraba a ella con todas sus fuerzas.

—¡Basta ya, Yayo! —gritó Hermano Oso—. ¡Basta ya!

El sonido de la voz de Hermano Oso y la presencia de los osos scouts calmaron a Yayo y, soltando la manija de la bolsa azul, miró nuevamente a la Yaya y a los osos scouts y dijo:

—¿Saben qué? ¡Me voy a jugar a los bolos!

Y tomando su bolsa, que durante toda la discusión reposaba sobre la mesita redonda de Yaya, salió por la puerta sin decir adiós.

—¿Cómo voy a ir al Festival de la Primavera? —gritó Yaya corriendo hacia la puerta.

—Toma un taxi —le contestó Yayo mientras se alejaba en medio de una nube de polvo.

—No te preocupes, Yaya —dijo Hermana Osa—, nosotros te ayudaremos a llegar a tiempo al festival.

—Llamaremos al comité —dijo Fredo.

—¡Granuja, odioso, maleducado! —dijo Yaya—. Está más furioso que un tigre desde que mi bola de cristal tiene ese maravilloso resplandor rosado.

Se sentó en el sillón con su bolsa azul en el regazo. Abrió el cierre y metió sus dos manos.

—Mi hermosa, cálida, bola de cristal...

Los osos scouts vieron que los ojos de la Yaya se abrían desmesuradamente mientras sacaba la bola de cristal de la bolsa.

—Esto... esto... —dijo asombrada—, ¡no es mi bola de cristal!

—¿Estás segura? —preguntó Hermano Oso.

—¡Por supuesto que estoy segura! —dijo Yaya—. ¡Esta bola está fría! ¡Y esta bola no tiene el resplandor rosado!

—¿Quizás haya perdido su poder? —dijo Fredo.

—Entonces —dijo Yaya, sosteniendo la

bola de cristal para que todos la vieran—,
¿cómo explican que no tenga los agujeros
para los dedos que le mandé hacer?

Esa era una buena pregunta.

—Me parece —dijo Hermano Oso—, que
alguien cambió la bola de cristal por esta bola
de vidrio.

—Pero, ¿cómo podía ese alguien imaginar
que no nos daríamos cuenta? —dijo Yaya.

—Porque —dijo Hermano Oso—, quien-
quiera que haya hecho esto no sabía que tu
bola de cristal tenía un resplandor rosado
caliente y unos agujeros para los dedos.

—Pero, ¿quién pudo haber hecho una cosa
tan horrible? —dijo Yaya.

—¿Qué tal les suena como candidato nues-
tro amigo el estafador Gaspar?

—Por supuesto. Con la bola de cristal
podría ganar todas las apuestas —dijo Fredo.

—Pero, ¿de dónde sacó una bolsa azul tan
parecida a la de Yaya? —preguntó Lía.

—Del mismo lugar que Yayo y Yaya saca-
ron las suyas, ¡de Los Bolos!

—Entonces —dijo Hermana Osa—.
¡Gaspar tiene la bolsa de Yaya!

—No lo creo —dijo Hermano Oso—.
Pongan las manos aquí, sobre la mesita donde
estaba la bolsa de Yayo.

—¡Está caliente! —gritaron todos en coro.

—¿Qué quiere decir eso? —preguntó Yaya.

—Eso quiere decir —dijo Hermano Oso—,
que Gaspar no puede tener la bolsa con la
bola de cristal.

—¿Por qué no? —preguntó Yaya.

—Porque —dijo Hermano Oso—, es Yayo quien la tiene, y ¡*acaba de irse a jugar a los bolos con ella*!

—¡A Los Bolos! —gritó Yaya—. ¡Mi preciosa bola de cristal rota en pedacitos!

Pero no fue eso lo que ocurrió.

Yaya y los osos scouts tuvieron mucha suerte porque lograron detener un auto que pasaba por la carretera. Era el jefe de policía Bruno que justamente pasaba por ahí. Los osos scouts y Yaya se apretujaron como pudieron en el patrullero y, con la sirena a todo

volumen, se alejaron a toda velocidad rumbo a Los Bolos.

Pero llegaron demasiado tarde. Yayo ya estaba en la pista preparándose para lanzar la bola. Estaba tan enojado que no se había dado cuenta de que la bola estaba caliente y de que tenía un extraño resplandor rosado. Yayo dio tres pasos en la línea de tiro y lanzó por el carril la atómica bola de cristal que hizo caer de un solo golpe los diez bolos.

Cuando los osos scouts llegaron al final del carril de lanzamiento, la bola de cristal esta-

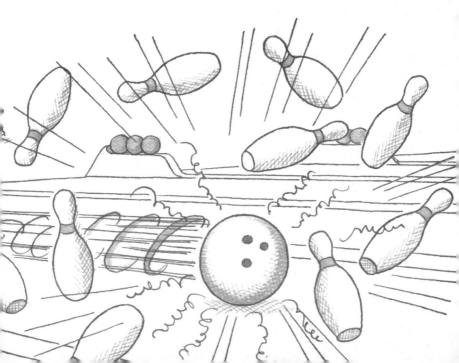

ba fría y el resplandor rosado había desaparecido. ¡La bola de cristal de Yaya había perdido su poder!

Mientras tanto, en un recodo del río, en una casa flotante destartalada, Gaspar estaba por despertar de su fabuloso sueño millonario. Subió a la cubierta, abrió la bolsa y sacó... ¡una bola de jugar a los bolos!

—¡Una bola de jugar a los bolos! —gritó— ¡Una estúpida, inservible, bola de jugar a los bolos!

Luego, con una fuerza que sólo puede nacer de la furia, lanzó al río por la ventana del salón la pesada bola de Yayo.

—¡Una estúpida bola! ¡Una estúpida bola! —chilló Chillón.

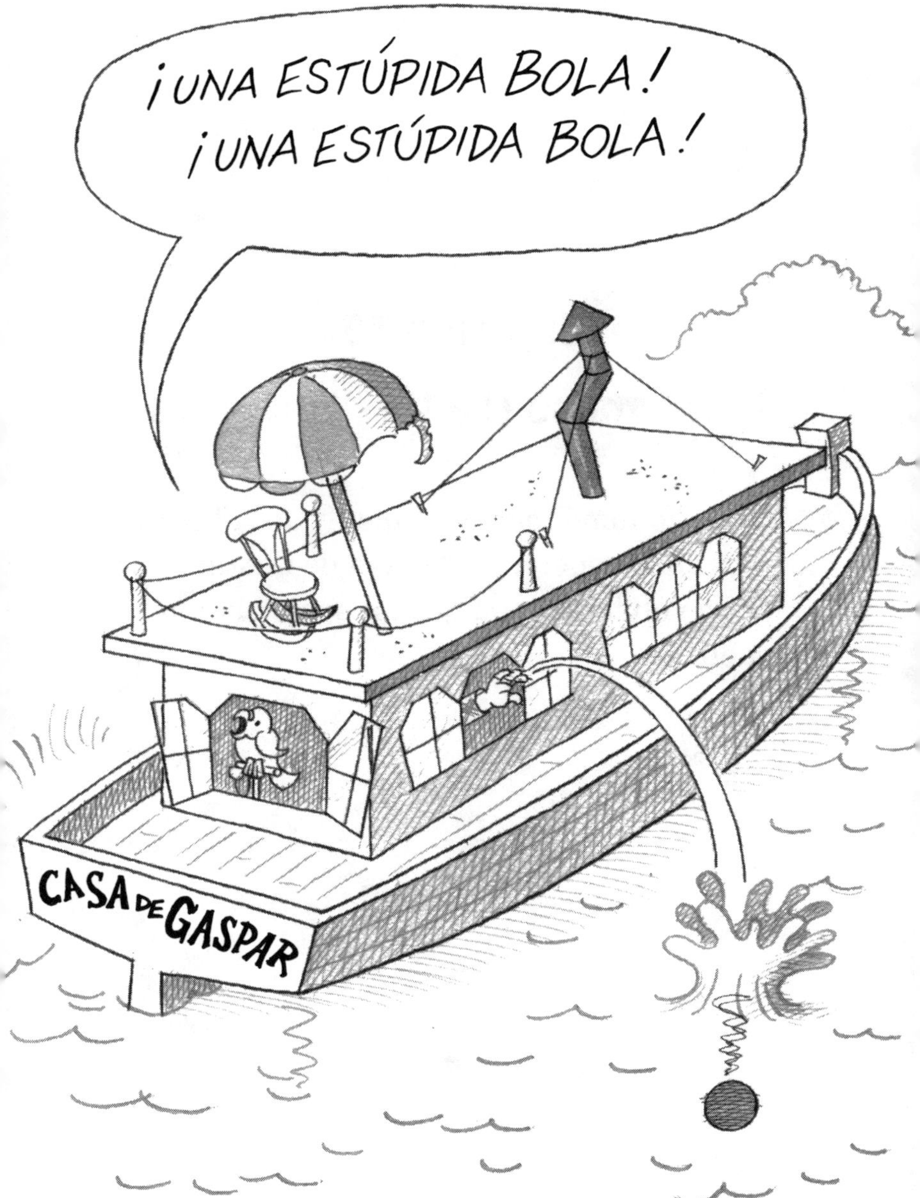
¡UNA ESTÚPIDA BOLA!
¡UNA ESTÚPIDA BOLA!
CASA DE GASPAR

• Capítulo 15 •

Un hermoso día de primavera

Yaya lo tomó todo muy bien y admitió que los extraños poderes de la bola de cristal se estaban volviendo una gran responsabilidad para ella.

La cola de gente que esperaba que Yaya les echara la suerte era todavía más larga que el año anterior y todos parecían muy contentos con las predicciones de la Yaya. Los osos scouts esperaron en fila como los otros. Todavía estaban interesados en saber si tenían alguna posibilidad de ganar la Medalla al Mérito de la Superpatrulla.

Yaya miró en su bola de cristal y dijo las palabras mágicas.

—Lo lamento osos —dijo—, pero no obtengo ninguna respuesta.

—Mejor así —dijo Lía—. Porque a mi manera de ver, ¡lo divertido de la vida es justamente no saber lo que va a ocurrir después!

• Sobre los autores •

Stan y Jan Berenstain escriben e ilustran libros sobre osos desde hace más de treinta años. Su primer libro sobre los osos scouts fue publicado en 1967. A través de los años, los osos scouts han hecho todo lo posible para defender a los indefensos, atrapar a los estafadores, luchar contra las injusticias y unir a todos contra la corrupción de todo tipo. De hecho, los scouts han cumplido tan bien con el Juramento do los Osos que los autores piensan que: "bien se merecen su propia serie".

Stan y Jan Berenstain viven en Bucks County, Pennsylvania. Tienen dos hijos, Michael y Leo, y cuatro nietos. Michael es un artista y Leo es escritor. Michael colaboró con las ilustraciones de este libro.

No te pierdas a

LOS OSOS SCOUTS Berenstain

y el robot chiflado

—¡Miren! —susurró Fredo.

—¡Ya lo veo! —respondió también susurrando Hermano Oso.

—¿Qué es ese ruido? —susurró Hermana Osa.

—Son... son... son... mis dientes que castañean —dijo Lía.

El profesor movió un botón del dial. El chisporroteo se hizo más fuerte. La enorme bobina comenzó a brillar.

—Es como en ese viejo libro —dijo Fredo—, ya sabes, ese sobre el Dr. Franskestoso.

—Este no es el momento, Fredo —interrumpió Hermano Oso.

—Pero sí... —insistió Fredo—, era uno que quería crear vida y trataba de hacer una persona con pedazos de osos muertos.

—Por favor, Fredo —dijo Hermana Osa.

—Y que terminó creando un monstruo con un tornillo atravesado en el cuello —agregó Fredo.

—Sí, ya sabemos, ya sabemos —dijo Lía.

—¡Y lo hizo con la ayuda de la electricidad! —exclamó Fredo.

Los chisporroteos se hacían cada vez más persistentes. La bobina brillaba con un resplandor rojizo. El olor del ozono llenaba el recinto. Gil empezó a dar vueltas la manivela de la máquina de electricidad estática. Dio vueltas y vueltas cada vez más rápido. Los scouts sintieron la electricidad hasta en su propio pelo.

Por último, el profesor dio otra vuelta al dial. Un rayo de electricidad de color azul pálido comenzó a salir de la resplandeciente bobina. Dio otra vuelta más y el rayo azul cayó siseando sobre el cuerpo que estaba bajo la sábana.

Nada ocurrió. El cuerpo bajo la sábana permaneció inmóvil.

—¡Qué suerte! —suspiró aliviado Hermano Oso—. Sea lo que sea lo que está tratando de hacer, no funcionó. Vamos. Salgamos de aquí mientras sea posible.

Los osos scouts comenzaron a retroceder por el reborde. Tenían que escapar de ese horrible lugar. Justo en ese momento escucharon un tumulto en el piso de abajo. Era Ipso Facto y Gil que discutían. Ipso Facto estaba tratando de manipular el conmutador central. Gil trataba de impedírselo.

—¡No, profesor! ¡No! —gritó Gil—. ¡Nos va a freír a todos!

Pero el profesor no quería detenerse. Levantó la mano y bajó la palanca del conmutador.

Una luz blanca enceguecedora iluminó la habitación. Centellas zigzagueantes cortaron el aire. ¡Zzzzin! ¡Zzzzin! ¡Zzzzin!

Y ante los ojos aterrados de los osos scouts, el cuerpo bajo la sábana se sentó.

Cuando en el País de los Osos hay problemas . . .
¡los osos scouts Berenstain llegan al rescate!

por Stan y Jan Berenstain

Únete a los osos scouts Hermano Oso, Hermana Osa,
Lía y Fredo cuando defienden a los indefensos,
atrapan a los estafadores, luchan contra las injusticias
y unen sus fuerzas contra todas las corrupciones.

☐ BBM59750-7	Los osos scouts Berenstain y el complot de la gran calabaza	$2.99
☐ BBM93381-7	Los osos scouts Berenstain y la guerra de los fantasmas	$2.99
☐ BBM59749-3	Los osos scouts Berenstain en la cueva del murciélago gigante	$2.99
☐ BBM93380-9	Los osos scouts Berenstain y la pizza voladora	$2.99
☐ BBM67664-4	Los osos scouts Berenstain se encuentran con Patagrande	$2.99
☐ BBM69766-8	Los osos scouts Berenstain salvan a Rascaespaldas	$2.99
☐ BBM73850-X	Los osos scouts Berenstain y la terrible termita habladora	$2.99
☐ BBM87729-1	Los osos scouts Berenstain y el bagre que tose	$2.99
☐ BBM94474-6	Los osos scouts Berenstain y los siniestros anillos de humo	$3.50

Disponibles en tus librerías habituales o usa este formulario

- -

Envíe sus pedidos a:
Scholastic Inc., P.O. Box 7502, 2931 East McCarty Street, Jefferson City, MO 65102-7502

Favor de enviarme los libros marcados arriba. Adjunto a la presente $_____
(sirvanse agregar $2.00 para gastos de envío). Envíen cheques o "money order" — por
favor no incluyan dinero en efectivo o C.O.D.

Nombre_____ Fecha de nacimiento____/___/____
                                                                                            M   D   A
Dirección_____

Ciudad_____ Estado_____ Código postal_____

Hay una espera de cuatro a seis semanas para el envío. Esta oferta sólo es válida en U.S.A. No disponemos de envíos
postales para los residentes de Canadá. Los precios están sujetos a cambios.   BBBSP795